Analyse de l'œuvre

Par Cosima Lumley

La ballade de l'impossible

Haruki Murakami

lePetitLittéraire.fr

Analyse de l'œuvre

Par Cosima Lumley

La ballade de l'impossible

Haruki Murakami

Rendez-vous sur lepetitlitteraire.fr et découvrez :

Plus de 1200 analyses
Claires et synthétiques
Téléchargeables en 30 secondes
À imprimer chez soi

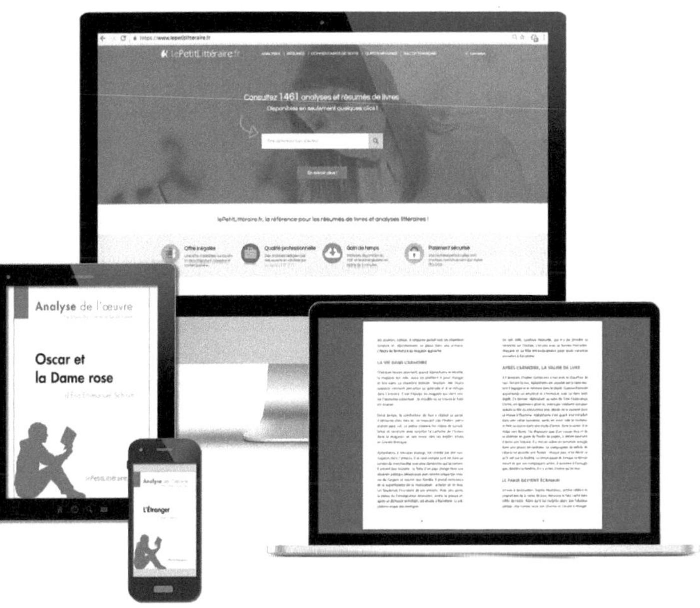

HARUKI MURAKAMI

ROMANCIER, NOUVELLISTE ET ESSAYISTE JAPONAIS.

- **Né à Kyoto en 1949.**
- **Travaux notables :**
  - *The Wind-Up Bird Chronicle* (1994-1995), roman
  - *Kafka sur le rivage* (2002), roman
  - *1Q84* (2009-2010), roman

Haruki Murakami est un écrivain japonais dont les livres ont atteint une renommée internationale et ont été traduits dans plus de 50 langues. Malgré leur origine japonaise, ses œuvres sont fortement influencées par des auteurs occidentaux et russes, notamment Fiodor Dostoïevski (écrivain russe, 1821-1881), Charles Dickens (écrivain anglais, 1812-1870), Franz Kafka (écrivain bohé-mien, 1883-1924) et Gustave Flaubert (écrivain français, 1821-1880). Ses romans constituent souvent un puissant examen de l'identité humaine, utilisant souvent le réalisme magique et la métaphysique à l'appui de cette exploration. Malgré son immense succès, Murakami n'a commencé à écrire qu'à l'âge de 29 ans, après avoir ouvert avec sa femme Yoko, avec laquelle il n'a pas d'enfant, un bar à café et à jazz très fréquenté à Tokyo. Il a présenté son premier roman, *Hear the Wind Sing* (1979), à un concours littéraire et l'a remporté. Depuis, il a écrit plusieurs romans qui ont été salués par la critique, notamment *A Wild Sheep Chase* (1982), *The Wind-Up Bird*

Chronicle et *Kafka on the Shore. Il* est également connu comme essayiste, nouvelliste et traducteur et a, par exemple, traduit en japonais les œuvres de Raymond Carver (écrivain américain, 1938-1988) et de J. D. Salinger (écrivain américain, 1919-2010).

LA BALLADE DE L'IMPOSSIBLE

L'HISTOIRE D'AMOUR DÉCHIRANTE D'UNE ÉTUDIANTE JAPONAISE

- **Genre :** Roman
- **Édition de référence :** Murakami, H. (2010) *Norwegian Wood.* Londres : Vintage.
- **1ère edition :** 1987
- **Thèmes :** suicide, santé mentale, isolement, amour, sexe, mémoire, perte

Norwegian Wood est centré sur Toru Watanabe, un homme de 37 ans, qui se remémore ses souvenirs d'étudiant à Tokyo, lorsqu'il est tombé amoureux de Naoko, l'ancienne petite amie de son meilleur ami décédé, Kizuki. Ce roman, inspiré d'une nouvelle de Murakami, *Firefly* (1983), a propulsé l'auteur vers une renommée internationale grâce à son exploration franche de l'amour et du sexe. Avec des millions d'exemplaires vendus au Japon, le romancier est devenu une icône nationale et a quitté le pays, voyageant en Europe et en Amérique pour éviter cette célébrité. Le roman est Semi-autobiographique, dans la mesure où une grande partie des expériences de Toru en tant qu'étudiant est inspirée de l'époque où Murakami était étudiant en théâtre à l'université de Waseda, où il est tombé amoureux de Yoko, sa femme actuelle et l'amour de sa vie. Le roman a été traduit pour la première fois en anglais par Alfred Birnbaum en 1989, mais était exclusivement disponible au Japon jusqu'à ce qu'une seconde traduction par Jay Rubin soit autorisée pour une publication hors du Japon en 2000. Rempli de personnages excentriques et d'une puissante exploration de la joie intense et de la souffrance qui accompagnent le premier amour, *La ballade de l'impossible* reste le roman le plus populaire et le plus lu de Murakami.

RÉSUMÉ

LE VOL

Lors d'un vol vers l'Allemagne, Toru Watanabe, 37 ans, entend la chanson des Beatles "Norwegian Wood", qui lui rappelle Naoko, son ancienne petite amie, et la promenade romantique qu'ils ont faite dans une prairie à l'automne 1969, alors qu'il avait 19 ans. Cela le pousse à écrire un récit de première main sur ses années d'études et sur l'histoire d'amour qui a marqué sa jeunesse.

LE TRIO

Toru raconte qu'il a rencontré Naoko pour la première fois en sixième année d'école, alors qu'elle était la petite amie de Kizuki, son meilleur (et seul) ami. Il se souvient qu'au début, il a fréquenté le couple à deux, puis qu'ils sont devenus une sorte de trio pratiquement uni par les hanches. Tout cela prend fin lorsque Kuziki, sans aucune explication ni mot, se suicide en s'asphyxiant dans sa voiture. Cette mort apprend à Toru que « la mort existe, non pas comme son contraire, mais comme une partie de la vie » (p. 30); cependant, dévasté par cette mort, il décide de quitter sa ville natale de Kobe et d'aller dans une université de Tokyo où personne ne le connaît et d'y rester dans un dortoir.

LA RÉUNION

Presque un an après l'enterrement de Kizuki, Naoko et Toru se revoient par hasard dans un train à Tokyo. Ils décident de descendre ensemble et de marcher sans but dans les rues, en parlant et en apprenant à se connaître. Cela devient un rituel dominical pour eux deux, et Toru la divertit avec des histoires de son colocataire excentrique et propre surnommé "Storm Trooper". Pendant ce temps, dans le dortoir, il se lie d'amitié avec le riche, égocentrique et extraordinairement brillant Nagasawa, car ils sont tous deux fans de *The Great Gatsby* (1925) de F. Scott Fitzgerald (écrivain américain, 1896-1940). Malgré sa petite amie Hatsumi, Nagasawa a la réputation d'être un coureur de jupons et fait découvrir à Toru le monde des aventures faciles d'un soir dans la vie nocturne animée de Tokyo.

20ᵉ ANNIVERSAIRE DE NAOKO

Pour les 20 ans de Naoko, Toru se rend à son appartement et trouve Naoko d'une humeur étrange : elle parle sans cesse et finit par s'effondrer en sanglots violents. Toru tente de la réconforter et finit par avoir des rapports sexuels avec elle, découvrant plus tard qu'elle était vierge. Après, elle refuse de lui parler, alors il part et essaie de communiquer avec elle le lendemain. Il découvre qu'elle a déménagé et lui envoie plusieurs lettres. Il ne reçoit une réponse que plusieurs mois plus tard, en juillet, lui annonçant qu'elle a été admise dans une sorte de sanatorium en raison de sa santé mentale.

RENCONTRE AVEC MIDORI

Pendant ce temps, la vie de Toru avance ; son colocataire Storm Trooper disparaît, il y a des émeutes d'étudiants et il rencontre Midori, une fille excentrique et vive avec une coupe de lutin de son cours d'art dramatique qui l'invite à déjeuner. Midori cuisine pour Toru dans la librairie de son père et ensemble, ils assistent à un incendie qui se déclare dans le quartier depuis la terrasse de la blanchisserie et s'embrassent, même si Midori a un petit ami. Pendant ce temps, Toru écrit à Naoko au sanatorium et il reçoit une lettre de celle-ci, ce qui l'incite à lui rendre visite là-bas.

AUBERGE AMI

Lorsque Toru arrive au sanatorium, l'auberge Ami, situé dans des montagnes reculées près de Kyoto, il rencontre Reiko Ishida, la colocataire de Naoko. Reiko lui explique que l'auberge Ami n'est pas un établissement médical mais un lieu où les gens se soignent eux-mêmes et entre eux, et qu'il y a peu de différences entre les patients et le personnel. Reiko est une professeure de musique d'une trentaine d'années, et elle raconte à Toru l'histoire de sa vie. Lorsqu'elle était jeune, elle a souffert d'une dépression nerveuse, qui a ruiné sa carrière de pianiste de concert, et elle s'est mariée et a eu un enfant. Cependant, sa santé mentale s'est de nouveau détériorée après qu'un élève manipulateur de 13 ans l'ait séduite et ait prétendu avoir été molesté par elle. C'est ce qui l'a amenée, explique-t-elle, à séjourner au foyer ami, où elle se trouve depuis sept ans.

Pendant son séjour, Toru passe du temps à discuter avec Naoko et Reiko. La première nuit, Naoko se déshabille devant lui, lui dévoilant son incroyable corps, puis s'habille et va se coucher, le laissant perplexe. Le lendemain, ils se promènent seuls et elle s'excuse de son comportement. Après lui avoir fait une branlette, elle raconte à Toru qu'elle a été témoin du suicide de sa sœur aînée et que sa santé mentale s'est détériorée après cet événement.

UN PÈRE MOURANT

Lorsque Toru revient, il passe du temps avec Midori et ils discutent de ses fantasmes sexuels et de sa relation avec son petit ami coincé. Elle emmène Toru rendre visite à son père, qui est à l'hôpital en train de mourir d'une tumeur au cerveau, et dont il s'occupe pour l'après-midi. Ils prévoient de le revoir ensemble, mais son père meurt dans la semaine. Pendant ce temps, Toru va à un dîner de fête avec Nagasawa et sa petite amie Hatsumi, et après que la soirée ait tourné au vinaigre, il conseille à Hatsumi de quitter Nagasawa, qui la trompe constamment. Il est révélé que Hatsumi s'est suicidée en se taillant les veines des années plus tard.

NAOKO SE DÉTÉRIORE

Après une nouvelle visite à l'auberge Ami, Toru croit que Naoko va mieux et quitte son dortoir pour s'installer dans un appartement, pensant qu'elle va bientôt le rejoindre. Cependant, Reiko lui annonce que son état s'est détérioré et qu'elle doit partir pour un traitement intensif à l'hôpital. Préoccupé par la nouvelle et son déménagement, il oublie de parler à Midori, qui refuse ensuite de lui adresser la parole. Il devient dépressif et lorsqu'il voit enfin Midori, il est si préoccupé et distant qu'elle décide de couper les ponts avec lui puisqu'elle ne peut pas l'aider. Après des mois de silence, Midori avoue finalement son amour pour Toru, et il lui dit qu'il l'aime aussi mais que la situation est compliquée par Naoko. Peu de temps après, il reçoit une lettre lui annonçant que Naoko s'est suicidée. Il est dévasté et voyage seul au Japon pendant un mois. À son retour, Reiko lui rend visite et ils organisent leurs propres funérailles pour Naoko, au cours desquelles ils boivent, jouent des chansons et finissent par faire l'amour. Une fois que Reiko est partie refaire sa vie à Hokkaido, Toru appelle Midori et lui dit qu'il veut prendre un nouveau départ avec elle.

ÉTUDE DE CARACTÈRE

TORU WATANABE

Toru Watanabe est le narrateur à la première personne de *La ballade de l'impossible*, et ce sont ses souvenirs et ses mémoires qui façonnent le roman. Bien qu'il se définisse comme « un type ordinaire » avec « une famille ordinaire, une éducation ordinaire, un visage ordinaire, des notes ordinaires et des pensées ordinaires » (p. 145), tout au long du Roman, les autres personnages ne cessent de souligner les qualités particulières et souvent contradictoires qu'il possède. Il a une capacité extraordinaire à mettre les gens à l'aise, et nous le voyons non seulement dans ses relations avec Kizuki et Naoko, mais aussi avec Nagasawa et Hatsumi. Lecteur vorace, il s'isole souvent en lisant des classiques du western comme *Gatsby le magnifique* de F. Scott Fitzgerald, et il connaît des épisodes de dépression à différents moments du roman. Il a cependant une incroyable capacité à « ouvrir son cœur » (p. 131) et à accepter les gens tels qu'ils sont, comme le lui dit Reiko. Malgré cela, l'influence de Nagasawa le conduit à avoir beaucoup de relations sexuelles occasionnelles, ce qui l'amène à se sentir vide et dégoûté. Alors que Nagasawa considère que Toru lui ressemble, affirmant qu'« aucun de nous ne s'intéresse à autre chose qu'à lui-même » (p. 274), Toru n'est pas du tout d'accord et affirme qu'il veut désespérément être compris par les autres.

NAOKO

Naoko est décrite comme une femme extraordinairement belle aux yeux « profonds et clairs », aux « cheveux noirs raides » et aux « petites mains » (p. 3). D'abord petite amie de Kizuki, elle se lie à Toru après le suicide de ce dernier. N'ayant pu avoir de relations sexuelles avec Kizuki, elle finit par perdre sa virginité avec Toru le jour de son 20ᵉ anniversaire. Elle est cependant profondément déprimée et, peu après son anniversaire, elle est admise dans un sanatorium pour y être soignée. La dépression semble être un trait de sa famille : Naoko a même vu sa propre sœur aînée se suicider par pendaison, ce qui se reflète dans le suicide de Naoko à la fin du roman. La dépression de Naoko se manifeste par une incapacité à s'exprimer : elle souffre, comme le dit Toru, d'une « maladie de la recherche des mots » (p. 37), où elle ne trouve jamais les mots pour exprimer ses émotions, et a souvent du mal à répondre aux lettres de Toru. Elle se décrit, ainsi que Reiko et Kizuki, qui souffrent également de dépression, comme différente des gens normaux, « un peu bizarre, tordue et noyée » (p. 186). Elle est toujours un peu inaccessible pour Toru, « nos visages n'étaient pas à plus de dix pouces l'un de l'autre, mais elle était à des années-lumière de moi » (p. 172), et au fur et à mesure que le roman avance, elle s'enfonce plus profondément en elle-même, finit par entendre des voix et est admise dans un établissement médical. Son suicide, peu après, dévaste Toru qui l'aime désespérément et qui, même à 37 ans, croit qu'elle ne l'a jamais vraiment aimé en retour.

MIDORI KOBAYASHI

Midori est une fille excentrique et extravertie qui suit le cours de théâtre de Toru à l'université. Elle est présentée comme « le genre de fille que l'on remarque », avec « des cheveux extrêmement courts » et une énergie dynamique, voire magnétique : « une force vitale fraîche et physique émanait d'elle » (pp. 65-66). Elle se lie d'abord d'amitié avec Toru pour lui emprunter ses notes de cours, puis ils deviennent des amis proches et finissent par tomber amoureux. Bien que Midori ait fréquenté une école de filles huppée, il apparaît rapidement que sa vie n'a pas été facile. Elle a un complexe d'infériorité parce qu'elle est la seule fille de la classe moyenne dans une école d'enfants riches, et elle a passé sa vie dans les hôpitaux, d'abord pour s'occuper de sa mère, qui est morte d'une tumeur au cerveau, puis de son père, qui meurt de la même façon plus tard dans le roman. Bien qu'elle soit excentrique et jolie, elle se décrit comme un « bûcheron » (p. 91) en raison de son manque de modestie et de manières féminine habituelles – elle parle franchement de sexe, de règles, de porno, de branlette et elle raconte à Toru ses fantasmes sexuels. Elle insiste même pour aller voir un film porno SM au cinéma avec lui comme rendez-vous. Pendant ce temps, Toru l'accepte complètement et lui permet d'être elle-même. Ils s'embrassent pour la première fois en regardant un incendie dans une maison voisine depuis la terrasse de la buanderie et en buvant des bières. Bien que Midori ait eu un petit ami tout au long de leur amitié, elle rompt avec lui après qu'il lui ait posé un ultimatum entre lui et Toru, et lui ait avoué son amour pour Toru.

REIKO ISHIDA

Reiko Ishida est la colocataire de Naoko au sanatorium, l'auberge Ami. Elle est décrite comme une « femme mûre, aux cheveux hirsutes » d'une trentaine d'années, couverte de rides chaudes, avec une « gentillesse qui vous attire vers elle » (p. 123). C'est une autre patiente du sanatorium, dont la brillante carrière de pianiste de concert a déraillé à cause d'une jeune étudiante manipulatrice qui l'a séduite et s'est servie de ses antécédents de maladie mentale contre elle. Bien que mariée et mère d'un enfant, Reiko réside depuis plus de sept ans au sanatorium où elle enseigne la musique. Ce n'est qu'après le suicide de Naoko que Reiko décide de quitter l'auberge Ami et de rendre visite à Toru, avec qui elle organise ses propres funérailles musicales pour Naoko.

NAGASAWA

Nagasawa est l'un des seuls amis de Toru, et c'est lui qui lui fait découvrir la vie nocturne de Tokyo et le monde du sexe occasionnel. Tous deux se lient d'amitié autour de la littérature, en particulier de leur amour commun pour *Gatsby le magnifique*. Nagasawa est décrit comme le type de personne qui impose le respect partout où il va; il est beau, riche et incroyablement intelligent. Cependant, il est également décrit comme « malveillant et cruel » (p. 40) et trompe continuellement sa petite amie Hatsumi, qui finit par se suicider. Cependant, il est également caractérisé comme une victime, car lui aussi, comme le dit Toru, « vivait dans son propre enfer » (p. 40) où tout est un jeu et rien n'est vraiment réel. Naoko, en entendant ses théories, déclare: « Il est beaucoup plus malade dans sa tête que moi » (p. 145).

ANALYSE

LE *LA BALLADE DE L'IMPOSSIBLE* EN TANT QU'AUTOBIOGRAPHIE

Pour Murakami, *La ballade de l'impossible* s'écarte de ses sujets et de son style caractéristique. Contrairement à ses romans précédents, comme *Une chasse aux moutons sauvages* (1982), qui explorait l'identité culturelle japonaise après la Seconde Guerre mondiale, ou son roman de science-fiction surréaliste Le *pays des merveilles du bout du monde* (1991), *La ballade de l'impossible* évite le recours au réalisme magique et au surnaturel, et ne peut pas non plus être considéré comme une critique sociale. Bien qu'il explore certains aspects de l'hypocrisie du mouvement étudiant japonais des années 1960, *La ballade de l'impossible* s'intéresse principalement à l'identité individuelle plutôt qu'à la société dans son ensemble. À propos de ce changement d'orientation, Murakami a déclaré :

> « beaucoup de mes lecteurs ont pensé que Norwegian Wood était une retraite pour moi, une trahison de ce que mes œuvres avaient représenté jusqu'alors. Mais pour moi, personnellement, c'était tout le contraire : c'était une aventure, un défi. Je n'avais jamais écrit ce genre d'histoire simple et directe et je voulais me tester. J'ai situé Norwegian Wood à la fin des années 1960. J'ai emprunté les détails de l'environnement universitaire et de la vie quotidienne du protagoniste à ceux de ma propre époque d'étudiant. De ce fait, beaucoup de gens

pensent qu'il s'agit d'un roman autobiographique, mais en fait, il ne l'est pas du tout. Ma propre jeunesse était beaucoup moins dramatique et beaucoup plus ennuyeuse que la sienne » (p. 388).

Comme Toru, Murakami quitte Kobe, sa ville natale, pour Tokyo, et étudie l'art dramatique en plein milieu des rébellions étudiantes japonaises contre l'État. Murakami étudie à l'université de Waseda, qui, en 1965, est paralysée par une grève lors de l'augmentation des frais de scolarité, et participe même aux émeutes : « Je jetais des pierres et me battais avec les flics, mais je pensais qu'il y avait quelque chose d'« impur » dans l'érection de barricades et autres activités organisées, alors je n'y participais pas » (Crane, 2011). Ses sentiments sur le mouvement étudiant sont repris par Midori, qui expose l'hypocrisie du mouvement étudiant anti-état : « ces types sont des imposteurs. Tout ce qu'ils ont en tête, c'est d'impressionner les filles avec les grands mots dont ils sont si fiers [...] et quand ils obtiennent leurs diplômes, ils se coupent les cheveux court et partent travailler pour Mitsubishi ou IBM » (p.135). Cependant, dans la plupart des cas, le lecteur ne saura jamais dans quelle mesure le roman est autobiographique, car il s'intéresse surtout aux expériences de la vie humaine et aux états d'esprit changeants de ses personnages qui tombent amoureux, vivent des pertes et apprennent à survivre à leur manière.

SANTÉ MENTALE ET SUICIDE

Norwegian Wood est un roman qui traite de la condition psychologique humaine et des mécanismes d'adaptation que les gens inventent pour faire face à la perte, à la mort et à la dépression. Tout le monde ne survit pas à la vie dans *La ballade de l'impossible* ; en fait, la majorité des personnages centraux se suicident : Naoko, sa sœur et son oncle se pendent, Kizuki s'asphyxie dans sa voiture et on apprend que Hatsumi, la petite amie de Nagasawa, s'est taillé les veines plus tard dans sa vie. Ce sont des morts qui défient tout raisonnement, comme le montre l'absence de toute note de suicide ou d'explication. Ce qui se rapproche le plus d'une lettre de suicide est le petit mot de Naoko demandant que ses vêtements soient donnés à Reiko, se concentrant ainsi sur les aspects pratiques qui suivent la mort. Cela n'est pas surprenant, car un autre thème central du roman est l'inadéquation du langage pour décrire les émotions humaines.

Murakami a souvent recours aux métaphores, à l'imagerie et aux analogies pour tenter de compenser les lacunes du langage humain. Lorsque Toru décrit sa propre dépression en 1969, il utilise l'image d'un « marécage – une tourbière profonde et collante [...] devant moi, derrière moi, je ne vois rien d'autre que l'obscurité sans fin d'un marécage » (p. 310). L'image d'un marécage, d'une mare fétide d'eau stagnante, comme métaphore de la maladie mentale, montre comment de telles conditions psychologiques sucent la vie et la vitalité des êtres humains. Toru nous apprend qu'il existe de nombreux types de mort, qui peuvent être non seulement physiques mais aussi psychologiques. Par exemple, lorsque Naoko est témoin de la mort de sa sœur, elle dit qu'elle a eu l'impression que « quelque chose en elle était mort » et qu'elle est restée allongée comme une « personne morte » pendant trois jours (p. 192). Sa mort finale par pendaison semble renvoyer à l'origine de sa maladie mentale, à savoir la mort de sa sœur. Cependant, même ici, Murakami laisse planer le doute, suggérant que la maladie mentale est également une condition génétique préalable dont souffrent Naoko, sa sœur et son oncle, et qui ne peut être aidée ou guérie.

La santé mentale n'est pas considérée comme séparée de la santé physique ; au contraire, elles sont inextricablement liées dans le roman. Par exemple, lorsque Reiko ne peut pas bouger un de ses doigts et ne peut donc pas jouer du piano, ses médecins déclarent que son affection physique est d'origine psychologique. De même, l'incapacité de Naoko à se mouiller pour avoir des rapports sexuels avec Kizuki est également considérée comme un problème psychologique, plutôt que physique. L'état interne d'une personne est reflété par son corps. Il n'est pas surprenant que Murakami utilise des métaphores corporelles dans ses descriptions de la maladie mentale : par exemple, lorsque Reiko parle de l'étudiante qui est une menteuse pathologique, elle déclare qu'« elle était malade... enlevez une couche de cette belle peau et vous ne trouverez rien d'autre que de la chair en décomposition » (p. 310), ce qui évoque les images ultérieures du marais.

Murakami démontre que la santé mentale est un problème qui touche tout le monde : même le beau et talentueux Nagasawa « vivait son propre enfer » (p. 40) et avait créé un système différent pour faire face à la vie en la considérant comme « juste un jeu » (p. 42). Même si, comme le dit Naoko, il était «plus malade» qu'elle, son système lui permettait effectivement de survivre à la vie sans être écrasé par ses émotions. Naoko et Reiko semblent incapables de créer des systèmes efficaces pour elles-mêmes, et c'est pourquoi le sanatorium, l'auberge Ami, leur fournit un système : une routine, des tâches et même un but. À l'auberge Ami, il n'y a guère de distinction entre le personnel et les patients («nous nous aidons tous les uns les autres [...] nous sommes tous les miroirs les uns des autres», p. 127), ce qui laisse entendre que la frontière entre sain d'esprit et aliéné peut facilement être brouillée. Murakami semble suggérer qu'une sorte de remède à la dépression peut être trouvé dans la compagnie, alors que l'isolement permet à la dépression de s'envenimer ; comme le dit Midori, «quand je passe une journée seule, j'ai l'impression que ma chair pourrit petit à petit» (p. 66). Ce n'est que lorsque les personnages s'isolent que leur dépression s'installe véritablement.

L'INADÉQUATION DU LANGAGE

Un thème qui revient tout au long de *La ballade de l'impossible* est l'inadéquation du langage pour exprimer les états d'esprit internes, et donc la difficulté de communiquer et de se connecter avec d'autres êtres humains. Le roman lui-même est une expérience de transmission des expériences de Toru par l'écriture : «Je réalise que tout ce que je peux placer dans le récipient imparfait de l'écriture, ce sont des souvenirs imparfaits et des pensées imparfaites» (p. 10). Les personnages, en particulier Naoko, luttent continuellement pour exprimer ce qu'ils veulent dire, déclarant «Je ne peux exprimer qu'une fraction de ce que je veux dire» (p. 112). Le silence ou les larmes semblent souvent renfermer plus de sens et d'émotions que la parole – par exemple, lorsque la sœur de Naoko meurt, elle reste silencieuse pendant trois jours. De même, le jour de son 20ᵉ anniversaire, Naoko babille sans cesse pendant quatre heures, évitant de mentionner quoi que ce soit de vraiment important, et ce n'est que lorsqu'elle s'effondre et sanglote comme si elle «vomissait» (p. 49) que son véritable état émotionnel est révélé. Les personnages ont souvent recours à d'autres formes de communication en raison des lacunes de la parole. Toru tente de réconforter Naoko et de lui transmettre son amour par le sexe: «tout ce que nous faisons, c'est nous dire des choses qui ne peuvent être dites qu'en frottant ensemble deux morceaux de chair imparfaits [...] nous partageons notre imperfection» (p. 173).

La musique est un autre motif clé du roman, et exprime souvent les émotions que le «récipient imparfait» de la parole ne peut exprimer. Le titre *Norwegian Wood* est lui-même une chanson des Beatles qui rappelle à Toru les souvenirs doux-amers de Naoko et de ses années d'études lorsqu'il l'entend à nouveau à l'âge de 37 ans – la chanson englobe et fait ressortir les souvenirs. Selon Naoko, lorsqu'elle entend la chanson des Beatles: «Je m'imagine errant dans un bois profond. Je suis toute seule, il fait froid et sombre, et personne ne vient me sauver» (p. 143). Ses paroles transforment la chanson en un présage de sa propre mort, puisqu'elle finit par se pendre dans le bois froid et sombre de l'auberge Ami et que personne ne la sauve d'elle-même. À sa mort, Reiko et Toru organisent leurs propres funérailles musicales pour la mort de Naoko, chantant et buvant pour exprimer leur amour pour elle et leur tristesse à sa mort. Que ce soit par le sexe, la musique ou le silence, il semble que les personnages se connectent et s'expriment souvent par d'autres moyens. Pourtant, il n'est indéniable que, malgré l'insuffisance inhérente du langage, l'écriture de Murakami triomphe en exprimant la condition humaine dans toute sa particularité.

POURSUITE DE LA RÉFLEXION

QUELQUES QUESTIONS À MÉDITER...

- « Mon système de vie est très différent des systèmes de vie des autres » (p. 276). Discutez des systèmes dans lesquels vivent les personnages, tant sociaux que personnels.
- « Nous sommes ici non pas pour corriger la déformation mais pour nous y habituer » (p. 113). Discutez de la façon dont Murakami explore la dépression et ses traitements.
- « Une force vitale fraîche et physique a surgi de la jeune fille » (p. 66). Comment Midori et Naoko sont-elles opposées dans le roman ?
- « La mort existe non pas comme son contraire mais comme une partie de la vie » (p. 30). Discutez de la manière dont Murakami examine la mort dans *La ballade de l'impossible*.
- Discutez de la structure et de la chronologie de *Norwegian Wood*.
- Discutez de la manière dont la mémoire est caractérisée dans *Norwegian Wood*.
- En quoi *La ballade de l'impossible* se démarque-t-il des précédents romans de Murakami ?
- Peut-on trouver des éléments de surréalisme et de réalisme magique dans une partie du *La ballade de l'impossible* ?
- Discutez de l'influence d'auteurs occidentaux tels que F. Scott Fitzgerald sur le *La ballade de l'impossible*.

AUTRES LECTURES

ÉDITION DE RÉFÉRENCE

- Murakami, H. (2010) *Norwegian Wood.* Londres: Vintage.

ÉTUDES DE RÉFÉRENCE

- Crane, B. (2011) The Politics of Haruki Murakami. *That Faint Light.* [En ligne]. [Consulté le 12 novembre 2018]. Disponible à l'adresse suivante: <https://thatfaint-light.wordpress.com/2011/06/06/the-politics-of-haruki-murakami-part-1/>

lePetitLittéraire.fr

- des analyses de livres
- des fiches de lectures
- des commentaires littéraires
- des questionnaires de lecture
- des résumés

Retrouvez
notre offre complète sur
lePetitLittéraire.fr

www.lepetitlitteraire.fr

ISBN version numérique : 9782808684477
ISBN version papier : 9782808685276
Dépôt légal : D/2023/12603/1027

Conception numérique : Primento,
le partenaire numérique des éditeurs.